逆光《gyakukou》

さいとうなおこ

北冬舎

逆光〜目次

I

II

III

装画＝泉谷淑夫「夢想」2007
装丁＝大原信泉

逆光

I

青天

三月はいつ目覚めても風が吹き原罪という言葉浮かび来《く》

組み合わす指替えてみよそれだけで祈りの形に決してならざり

たしかなる何もなければさみどりの椿の丸きつぼみ食《は》みたし

しずくする赤い椿の木の下に赤い椿が褪せてゆくなり

四角と丸いずれを好む　夢のなか灰色猫に迫られており

淀川は大阪湾に注ぐ

氾濫を止められし川いくすじも橋桁に赭《あか》き傷を残せり

渡辺橋わたりて桜橋をすぎ梅田陸橋かぜに吹かれて

ナルヨウニナルウと唄い橋渡る潮の満ちくるたそがれどきを

ほしいまま伸びゆく蔓の行き先をベッドの母は思案するらし

幾百のガラスに空は貼りつきて病棟の眠り深き午後なり

カレンダーのしるし増えゆきつくづくと母の病室水の匂いす

甘味失せしガムいつまでも噛みながらさみしくふいに湧く怒りあり

どの枝を登りつめても青天へ落ちねばならず寒し五月は

古りたる聖書

乗りおくれてしまえば次の電車まで風に吹かれて文庫本読む

まるぞんのはなしがかくも賑やかに語られる午後の阪急電車

ティッシュ配る少女の視線われを過ぐ雨の日瞬時の選別ありて

大鉢を被せし土に何ものとも分からぬ草が続々芽吹く

立ちどまり長く見ておりゆうぐれの光の中に実る無花果

かりそめのごとく輝く沼ありて鴨らは水をゆたかに浴びぬ

薔薇の木の杖の持ち主いまは亡く大男とぞ伝え聞くのみ

戒名のなき一族の裔《すえ》にして古《ふ》りたる聖書ひとりずつ持つ

キッチンは輝く月の占領下パセリ一束コップに沈む

指眼鏡

子ら去りし家屋は雨の音あふれきれぎれに夫の湯を使う音

夜もすがら夢のなかまで滴りて目の表情も見えなくなりぬ

どこまでも子であるわれはキクキクと遠き昔の母を恋する

生涯に七億回ほど息をつくニンゲンらしくあってもなくても

真夜中の腹筋運動鍛えればもう一度鳥になれるか　われは

どこをどう押しても午前零時には鳴る卓上の硝子の時計

指眼鏡して見上げれば極上のあおき宇宙が額《ぬか》に滴る

髪洗う指が撓いてこめかみがほどよき圧を受くるたまゆら

わが敵は常にわれなりスリラーの仮想敵国砂のアラビア

乾《から》びても割れぬ石榴のあからひく沈黙の実をけさ真二つに

かそかなる雨は茗荷の葉が受けて土の上には届くことなし

ギヤマンの詰め物となり渡来せしシロツメクサに夏の雨降る

中心は火山の深き紅に似る大無花果の重み好もし

微雨過ぎて街は鎮まるいちはやく濡れたる長き陸橋もまた

天門のひらかれてゆく気配せり赤とんぼみな西方へ飛ぶ

母のトランプ

降りつづく雨の朝には丁寧に歯を磨くことすべてそれから

撫子の種子が届きぬ暑き日に郵便受けがことりと鳴りて

美しき蟬の抜け殻持ち帰り袋の底より肢つまみ出す

兆しとは夕べ生《あ》れたる透明な羽虫が頬に触れるそのこと

すれすれに地上を蝶が飛ぶさまは切なし何に苦しみている

天界へ戻らぬ神の乳房よりなおしろじろとゆうがおのはな

夏草の径のはたてにしんかんとわれを待ちおり積乱雲は

大いなる洞《うろ》を持ちつつ生きのびて泰山木は風を集める

ゆうぐれの母の抽斗つややかな裁ち鋏五丁並びていたり

素っ気なきむすめ持ちたる不幸せ母のトランプなかなか合わぬ

秋めく日母の胸もと藍色のスカーフふんわり結びやりたり

異なる空

この席にあらずと声が指示を出し夢の中なるわれは移動す

さめぎわのときの浅瀬を渡りくる黒馬《くろま》の騎手もすでに老いたり

あかときはサハラの沙に残りいし鳥の足跡をふと呼び出だす

きその夜の夢紛れなく旅なれば戻り来し朝まず目を洗う

猫にありわれになきもの艶めきて発光しゆくひなたの猫は

硝子截るガラス屋の内おごそかに力のごとき光満つるも

バラもまた想いを遂ぐることあらん一片がまず軽くなりゆく

あたたかき地球の端に腰かけて異なる空を母と仰ぎつ

草の芽のようにふくらむひかりあれ母の眠りをまた確かめて

冬の雷《らい》激しき夜の卓上をおさなき蜘蛛がひたすら進む

鳥

つまずきて摑んだものは鳥の羽ねむりより覚めただ水をのむ

消え失せし番《つがい》の鴨を探しおり西の貯水池に風の吹く日は

すこしずつ数変わりゆく鴨の群れ宇宙時間の縁を漾《ただよ》う

雄鳥の青灰色の雨覆いあしたのみずを散らして飛びぬ

飛び立ちゆく一羽また二羽風切《かざきり》の黒深ければ切なきものを

椋鳥の溢るる一樹ふくらみて絶えまなくあかき実を零しおり

震災ののちの六年途絶えたるひとりの声とこころ戻らず

ちぎれ雲茜色せり母が待つ髭の牧師は単車に乗りて

薔薇いろの口紅を買い母の名をカードに記す一月の街

繋がらぬ母への電話あおぞらを飲み干すように深呼吸せり

包丁を研いでほしいと声をあぐこのふゆ夫に頼むこと多し

冬の雨降り止みし空を子と仰ぐあるかなきかの信州の虹

妻を得てあわれ大人になりし子とややぎこちなき会話をかわす

沈黙はことばであれば紅薔薇の崩るる日まで土になるまで

象が目をしばたたくとき遥かなる宙よりとどく光のかけら

涼しき音

仄暗き『月とスカーフ』*過ぐる日に〈集団の虚〉を衝きし人はや

*河野愛子歌集

母老いてさびしきひとつ切りなずむかたちよき爪かつて紅色

明日われは死なむよなどと言うことの少なくなりて青葉しくしく

つくづくとわが顔見つつ整形をしたのかと問う昼食ののち

西へ行くひかりのステップまで一歩単身赴任といえなくもない

青柿へあかねさす日は吸われゆきしずかに百の夜をとどまる

七月は白さるすべりふくらみてサンダルの紐結ぶ足首

結び目をほどくことなどないのだろう少女たちみな長き爪もつ

釦《ボタン》などを丸き小箱に蒐めたりき使わぬものは涼しき音す

立ち上がりゆるゆる歩く人体をうつくしと見きアラブの街に

月光

烏羽玉《うばたま》のイラン航空スチュワーデス黒きチャドルの裾翻す

右ハタミ左ハメネイ一対の写真にぞつね見下ろされいる

〝慈悲深く慈愛あまねき〟アッラーの御名のもとにてわれら移動す

マスジェドの尖塔の先いけにえの真白き雲が一つ刺されて

空色の釉薬タイル水よりも晶《すず》しく人を憩わしめたり

革命は二十一年前のことガイドのアミール兵役嫌い

ザーヤンデは命を捧げる河なれど月光をすくいに来る男たち

「天《そら》の書*」に書き落とされしことはなきかザーヤンデ河をも一度覗く

*神の書

絨毯屋に絨毯屋居らずハタミ師の写真の黒き眸がこちら向く

アパダーナ*列柱の陰にしゃがみたる刺客石榴を握りしめしか

*謁見の間

ずり落ちるチャドル引きあげシーア派の女性の群れの後ろへつきぬ

黄金の部屋に続きて露ひかる鏡の部屋をまひる過ぎけり

ホテル出て少し歩こう額《ぬか》深くスカーフ被りアスル広場へ

II

じんじんかんかん

胃のなかに夕べの真水残りいてあけぼののわれを凍らしめたり

飴色のこうなご食《は》めば母に似るわれの輪郭かすかにゆがむ

萌黄なす介護用品カタログの内に犇き咲き揃いたり

お手玉の白い兎は美恵ちゃんの贈り物なり手から手へ跳ぶ

母に似て母に似ぬわれ母親の保護者の欄に名前を記す

胸元にガラスの破片が降り来ると訴ういまだ引明けのころ

はるがすみ炭酸せんべい一枚をふつりふつりといつまでも噛む

柚子の酸絞りつつまだ割り切れぬ心もう一度きのうに戻す

蒼ざめたクリスマス・ローズ開き初め西の三月は今日も風なり

かあさんとちいさく呼ばれて目覚めたりようよう白くなりゆく窓辺

いずこにも休み場所なき母ならん　震える音は夜の風だよ

山鳩の来ぬ日続きて雨水《うすい》過ぐじんじんかんかん叩くもの欲し

開かぬ窓

壁白き検眼室に「し」の字のみ幾たび検眼しても読めざり

小さめのメガネフレーム薦めらる黒セーターのやさしい声に

キッチンに糸遊びする蜘蛛のため夜光る玉ひとつ吊り置く

砂漠より戻りしごとく息を吐く目覚めは常にすこし汚れて

処分せしミシンの行方また問いぬ弾む音せし母のミシンは

べっとりと纏わる靄を消去するchipが母の手の内にない

行こうよと呟く母に繰り返す　さくらのはながさいたらゆこう

抉られし丘の中腹までのぼり母が開かぬ窓を探せり

神無月宙《そら》より降りてくるものをおそれよフォーマルハウト輝く*

*みなみの魚座

マフラーは小さく畳みて左向く女子学院の冬の制服

みっしりと紅い冬の実若き日は何も気づかぬままに過ぎたり

ゆうぐれ

抜きんでて鳥の集まる一樹あり風が吹く昼実の落ちる夜

水中の硝子の玉を探すべく人のてのひら閃きやまず

一本の白梅に宿る神もまたつつましき欠伸したまうあおぞら

ゆうぐれの母に伝える物語かあさんぎつねがまんなかにいる

はなのなか歩けば冷えてゆくからだもう三年も歩みつづけて

黄砂降るアジアのはたて大阪にゆうぐれどきのこのたよりなさ

窓ぎわに首を傾けつぶやきぬ「解けない謎のようなまいにち」

いくたびも深い息吐く明け暮れを思わざりけり少女の日には

わが街にあらぬ図書館の片隅に座りてなにを見るにもあらず

櫂の音しずかに迫り来る真昼危うげもなく翔び立つものら

みどりの硝子碗

地下歩廊に日の射している錯覚は黄金いろのエニシダの渦

地下鉄の北7階段上がり来よ低音の声がわれを導く

リブ装飾ほのかに翳るガラス碗二〇〇二年の若萌えのいろ

シルクロード宝物展では見つからぬマルコ・ポーロの嘘の綺羅星

青花の芙蓉手皿はペルシアへとらくだに積まれ砂漠を越えし

断続音

指先になぞる凹凸少なきはアジアびとなる梅雨の夜の貌

星の数つね過不足のなきように整える指こと座のむこう

いま母は森羅万象すべからく敵とみなして目を開かざる

さしあたりわたしは何をするべきと繰り返しつつまどろみゆけり

強いられし戦いなれば防ぐべく点滴の腕をひたすら伸ばす

しばらくはなにも言わねど夕ぐれのベッドより鋭《と》き断続音せり

帰り道変えて歩めり炎天に発火しそうな母のたましい

火を守るごとく己れの精神をまもるすべみな母より受けつ

いちめんのエノコログサが体内に揺れはじめ不覚、眠りに落ちる

手力

迫りくる山の力を計りかねてひたすらに問う母とあらそう

異界より吹く風を受け左へともろくましろく折れ曲がりたり

正体の分からぬ膜が張るという頭にそっと夏の帽子を

みずからの存在の有無確かめる声をいくたび放っただろう

夕空の雲光るした歩くとき決断つかぬからだは重たし

かたわらに座りいっとき手を握るひいやり乾くカナカナの羽根

魂はつねに希求すアカサタナ「此処ではないヨ何処かへゆこう」

夏過ぎて母の声さらに聞き取れず聞き取りしときは永遠の始まり

尊厳死するもさせるも荒縄にてたましい括る手力《たぢから》がいる

単独行

窓に見る秋の桜木ねむられぬひとつの夜を越えて影なし

真夜中の幹伸びるさま恐ろしなど死にゆく前におもむろに言う

体力はすでに尽きたり気力のみ陽炎のごと纏いて眠る

浅葱より藍へうつろう天空を漕ぎわたるべし単独行にて

亡き父に何言うとなく挨拶す帽子掛けに残るgray の帽子

銀いろの髪を好まぬまま逝けり河はきらきらほどけたる髪

喪服着てゆく一家族きのう母が欠けしをだれもあいまいにして

リスボンの空を飛びたる修道士グスマン思い母を思いつ

おおつぶの翡翠そら豆ゆであがり妹とふたり黙って食べる

背の丸き賢人のごと現れて竃馬《かまどうま》しずかに夜半の灯の下

旅行者

どちらでもいいと言いしは五日前ひかり濃き朝ため息もせず

生真面目な牧師が指を胸の辺に組ませて母の死は完結す

純白の柩のうえに花束が雨を受けおり死者に代わりて

大正のおんなでありしわが母の帽子と衿持けむりとなりぬ

珈琲店みんななくなり渦を巻く雲の穴より淡い日が射す

ういういしく糸吐く蜘蛛に朝に夕関心をもち近づくわれは

旅行者にすぎずとある日言いし声その母の子のわれも旅びと

鳥よりも魚《うお》になりたいなどと言いわたつみならぬ天《そら》へ気化せり

絵のなかの羊はすでに神のもの幾匹か貌を天へ向けいる

ぬぬぬぬと引っ張り出せば思い出にまだなりきらぬ白い横顔

小雪という名を持つひとは地下駅の壁を占めたる広告のなか

はなびら

夜更け書きあしたてがみを投函す母の最期のひと日追記し

鎖なす『死者の長い列』*後方につきてようやく闘い終えぬ

*ローレンス・ブロック

眠ったまま亡くなったからよかったなど軽薄なるわが唇《くち》は言う

小鈴鳴る鍵を回して鎖《とざ》したり次に来る日を決めることなく

卓灯を消して思えば母の死の夜よりねむりはすみやかに来る

水に降るはなびら一夜無音にて忘れゆくべし死者のことばも

「大いなる卵の黄身」と呼ぶ花が咲くイスラエル恋いつつねむる

イスラエルで自爆テロ

砂嵐すぎたる街より運び出す柩につややかな黒い髪

手品

黒谷に隣る浄土寺真如町集い来るべしわがうからたち

母の骨抱えて待てりカロウトの内部冷たき胸郭に似る

足許のどんぐりひとつカロウトの中へ落とせり闇に芽吹かん

真夜中に風の吹きしがなによりも大事のごとく夫に訴う

青馬に跨がるおとこゆめに見つ息吸うせつな目を細めたり

海坂のはてともふかきゆうやみの街くだり行く傘傾けて

マデイラのミモザの花は死へ向かう母の脳髄を満たしたる彩

とらんぷの手品さらさら亡き母の変身願望百合の香りす

夜半の雷

かぎろいの春ゆうまぐれメールには薄葉細辛《うすばさいしん》のほの暗き花

いつの日の声かめざめて遡る夜更けの椅子に浅く座りて

ジネンジョを啜りじっとり夏風邪のからだの寒さ晩年に似る

投げ入れしエノコロ草は八方にほどよき重みそのうすみどり

新しきフライパンには南東にのぼる火星のような卵を

もの言わぬ夕べの夫に階段の途中の猫もわれもひっそり

この秋はたったひとつの執着がうすれはじめて　夜半の雷

はは亡くてただ眠くなる一年は砂上流るるあぶらのごとし

灸花《やいとばな》しろじろと咲き越境をとげたる蔓をもてあましおり

劉さんに習いし気功の手のかたち抱擁に似るを鏡は映す

夢の中でも

銀色の胡桃割り器が抽斗の奥より出でぬ一周忌過ぎ

わがままな姉だったよと例あげて言い出しぬかつての泣き虫

妹の引き伸ばしたる一枚が何ということなけれどサビシイ

断念の深きむらさきあぶらにて炒めるが美味アケビの皮は

取り消しの可能なるもの幻影と言えどこの手に残る冷たさ

月すこし傾く夜の領域へ鎮まりがたき吾も入りゆく

新しき本を開きぬ草に降る日と雨とその夜ごとの思い

鍵二つテーブルに置きせわしなく袋の中味もう一度振る

パンを焼く一角に夫と立ち止まるイブの夜もまたあっけなく過ぎ

ふたりぶんの水流し終え所在なく夢に入りたる猫をつっつく

刺強《こわ》きカラスザンショウ風の日は木であることを忘れて動く

れんこんを白く晒して時は過ぐおおつごもりの夜を点して

したたかに脚を打ちたりつね開《あ》いている戸にあらず夢の中でも

III

終りなき旅

望むこと叶えば死んでもよいなどと思いきわれも若き頃には

終りなき旅にていまも天界の父のもとへは着かざる母よ

胃を切りてのちは多弁になりし父亡くなるまでのおよそ十年

むすめらの声の高さに辟易し死にたる今も顔しかめいる

夫と子の会話へ古き渡し舟あやつるようにわたしのことば

早春の靴はかがやく星型を爪先に付け人界をゆく

梅のはな散る水辺に浮きあがる両生類のふたつのあたま

明治初期渡来せしのちのびのびと泰山木のアメリカ気質

ほんの束の間

両腕を高く伸ばせり風に立つ草のちからが裡に入るまで

てのひらを押しつけ測る骨密度もう参ったというかたちして

むこうみずな八手の花に青光る蠅いくつぶもひそむまひるま

手掛りはどこにもあらずきざはしを編みゆく蜘蛛が消滅したり

あたたかな雨が路面を流れゆきすこし遅れて夕暮れは来る

第三書開きておもう波に似て「すべてのかたちはほんの束の間」

第八書〈不眠〉読みおりあかつきのバグダッドいま祈りの時間

砂漠の花　西インド

この路の五十キロ先パキスタン個人情報をそれぞれ記す

豆、オクラ、菠薐草のカレー旨しベジタリアンになりて二日目

わざわいの多き口には火の神のシールを貼りて浄化するべし

ハリジャンの少女がくれし布人形耳たぶほどのふくらみをもつ

ガンジー履きしサンダルひたひたと闇の印度の村を発ちたり

デリーまで続く線路を守りつつ老人になりてしまいし少年

むらさきの砂漠の花を避けおればゆまりする蔭どこにもあらず

聖なる河にて

赤ら引く　日の昇る前　バラナシの　街を急げば　烏羽玉《うばたま》の　夢より醒めし
野良犬ら　路地の奥にて　牙をむき　何か争い　野良牛も　よだれ引きつつ
尖りたる　尻を振りつつ　街角は　はや昨夜《きぞ》の夜の　底無しの　闇を脱して
そこここに　魑魅魍魎の　抜け殻が　影引きおれど　誰れも皆　老いも若きも
　異邦人　聖者乞食も　一月の　朝霧の中　確かなる　うねりとなりて　口々
に　何かつぶやき　群鳥の　出《いで》立つごとく　足引きの　カイラス山ゆ　流れ来
し　聖なる大河　ガンジスの　岸辺に向かい　八十《やそ》余り　ならぶ沐浴場《ガート》に　マ

ントラを　ひたすら唱え　合掌し　膝から腰へ　川中へ　入りゆく人や　歯を磨き　髪洗う人　さまざまな　聖と俗とを　緩やかに　みな呑み込みて　半円を描きながらに　流れゆく　褐色の河　隣り合う　岸には死者を　焼く煙　白く棚引き　うずたかく　黒檀の薪　積み上げて　また次の死者　ガンジスの　水にて浄め　安置され　灰となりゆく　一日は　かくて始まり　金色の　朝の光が　生にある　死を照らし出し　死の裏の　生をわれらに　塵芥　みな扱《こ》き混ぜて　伝え来る　曼陀羅世界　天竺の　バラナシこそは　見れども飽かぬ

なかなかに去らぬ物乞いも懐かしきインド亜大陸熱もつ大地

クシャイト村へ

高校生のころ、『水晶』に出会った。コンラートとザンナという幼い兄妹が、クリスマスの前日に径に迷い、雪山の氷の洞窟で一夜を明かした事件が中心に描かれている。この短篇小説を読み返すたび、人間にとって最も大切なものを手渡されたような気分になる。アーダルベルト・シュティフターは、一八〇五年、当時はオーストリアだったチェコのボヘミアに生まれた。画家の眼と詩人の魂を持つ。

古き地図手にしてくぐる馬車屋には馬もあるじも猫さえおらず

菩提樹の靡く広場の星明り靴屋の窓辺を白く照らしぬ

その昔おとめマリアにあこがれし騎士思わする少年の眉

一片《ひとひら》の雪は湿りを持たざれど静かにいつか万と降りくる

小さき胸寄せあいてふたり仰ぎたり夜の車輪の巡りゆく宙《そら》

かあさんの声で目覚める降誕祭《クリスマス》「ツリーの下を覗いてごらん」

教会の鐘の音あれはたましいを信じるひとの数だけ鳴らす

逆光

散るまでに月は満ちゆき地に生きるもの幾許《いくばく》かいのち奪わる

母なくて二度目のさくら「なおちゃん」と寂しい声は肩のあたりで

厄災の根はふた岐《わか》れ八つ岐れイスラエルより砂塵あまねく

イスラエルの春は南風《シャラーヴ》人体を抜けるとき繊き穴を穿てる

幼児より物分かつこと苦手なるアリエル・シャロン神に祈りぬ

3月22日、イスラエル軍は空爆でイスラム原理主義組織ハマスの創始者を殺害した。

麻痺の手が肢《あし》が誇りがヤシン師より飛び散りガザの路上を濡らす

ひしめき合い拳突き上げはこびゆく柩に緑の小枝をのせて

年経りししだれ桜の銀のいろ母なるマリアの髪に似るかも

逆光のしだれざくらは柔らかき雪崩となりて人を隠せり

ひとひらを背に乗せ夜を帰りくる猫に一途の思いのあらん

いつの日もひぐれに物を運び去る子の青年期すでに過ぎたり

気短な夫婦であるよお互いに自分の心ばかりを見せて

小刀というもの失せし抽斗に乾《から》びておりぬ何かのかけら

わが母の骨の熱さがよみがえる塩ふるごとくはなのちる午後

重なりし骨はひっそり壺のなか春の嵐に芽吹かんとする

花疲れしたるひたいを押しあてて灯点すまでの都市を見ており

青葉へと急ぐ並木に札提げて治療中なるひと木をかばう

われの血のなかの漣《さざなみ》ちちははもそのちちははもバイブルを持つ

二〇〇四年三月二十日、一分咲きの桜にぼたん雪。二十一日、ネパールで毛派の共産党員、交戦により五百人死亡。二十二日、ガザ市内で、ミサイル三発を受け、八人死亡。桜三分咲き。月齢は1・2。糸のような月。二十六日、移動性高気圧が本州の真上に来る。二十九日、桜満開。月齢は10・2。まるい月。四月四日、花散らしの雨。

夏帽子

咲いて散るまでの間に命とは誰のものかとことば戦ぎぬ

まだ若いソメイヨシノを引き連れて狐が夢に逢いに来にけり

散りいそぐさくらの胴に触れし朝ごつごつとして父を思いぬ

草叢にどくだみの白ふえゆけりさびしいことばばかりよぎりつ

ベッド越えて落ちたりしとき「理不尽」と続きのように母呟けり

身を捩るほどに笑えよ真夜中の電話に人はかるく言い出す

これまでになき素早さにこの春の数多の死者は現れて消ゆ

アララトの山が二つもありしこと　眠れぬ夜の聖書にはなし

はなのとき過ぎて尋ねる光岡さん全生園のどこにもおらず

赤きシャツ似合うと言えばくしゃくしゃの笑顔となりし光岡良二

便箋に引かれしあおきすじよりもほそき雨ふる光の中を

柿のはなあおきを四、五個載せたまま夫の車が出かけてゆきぬ

夏帽子母の被りし夏帽子満月の夜はわたしがかぶる

濃密な雨

起きがけにふと回すくびの間の抜けし金属音をかすかにたてて

台風はひるすぎこころ変わりして濃密な雨を海面《うなも》にそそぐ

いずれから海へ抜けるか夜を迷う風の行方は想いのごとし

どくだみの白こぼれればな消えうせぬフェーン現象の夜を境に

梅雨深しゾロアスターの伝説に魔術師とあるをもっとも好む

味爽《まいそう》のトイレットにて聞いているこの世のおわりのごとき雷

陽のなかへ靡くカーテンたぐりつつ橙いろの蛾を逃がしやる

しずかな呼吸

千年の榧の木かやのき晩夏には濃緑色《こみどりいろ》の実がふたつ落つ

大カヤの木肌にうねりの生じしは弘安四年寒き夏にて

夏帽子深く被りて人を待つ　観音堂の石段の雨

あさかげにナガコガネグモ仁王立ち雨の滴をかんむりとして

みんみんの片方の羽根拾いたり雨にかすかなハッカのにおい

夜の風に揉まれし林あさもやにキンミズヒキのしずかな呼吸

さてとうでまくりして空見上げたり積乱雲に取り囲まれる

草刈りの機械に遠いかみなりが呼ばれてキチキチバッタ移動す

驟雨くる狭山丘陵存在をかけてつくつく法師鳴きつぐ

明けやすき貯水池のそら透明を重ねて星はまだ消えゆかぬ

牛膝《イノコズチ》にヒカゲとヒナタのありしこと　ひなたは強い妹のよう

花濡れて傾くまひる一頭のむらさきしじみ空へは飛ばず

あかねさす惑星境界領域の風の下なるわたし、虫たち

このへんで失礼、ふいに鳴くことを止めてしまえばいないも同じ

「自然」にあうとからだのどこかむずがゆいあめあがりの木の橋

高き芒

まっすぐに降る雨の夜じわじわと油蟬鳴く一歩も退かず

炎天の電線に来て鳴くカラス異端審問を始めるごとく

草いきれ激しき谷地《やち》に両腕をまわして風を起こさんとする

纏わりてとぶアキアカネわたくしのからだの水位高めんとして

ひんぱんに南の風が圧《お》している汚れたリネンのような夕空

上空の風のなごりに浮かびいる大鷹の目に捕えられたり

いつまでも胸に残留することばもとのかたちはすでに忘れて

抜きんでて高き芒がひかり初め恋しきは亡きひとの白髪

ジンセイハ夢《イメ》カモシレヌちちははの痕跡である躰よねむれ

もぞもぞ

開け放つ窓より窓へ風抜けて写真となりし母がくしゃみす

わが産みし子はいま何をしているか眠りの際にふたたび思う

しんしんと怒る夫は夢の奥ただなつかしい風景のよう

もの言わず爪切りている背中かな亡き父もむかしもの言わざりき

くちびるに挟めば溶けてゆきそうな昼の半月死者がもぞもぞ

覗き込む御茶の水橋むぞうさにかぐろきものがふうわり飛んで

駅前の交番おさない顔立ちの警官が立ったり座ったり

脳

わが脳のフィルム二枚を持ち帰るかさばる四角置きどころなし

スキャンされし脳の断面大いなる蟬に見えたり啼くことあらん

朝あさの頭痛その根につづく首十九コマの中に静まる

ゆめにみるわれの部屋には三人の笑うひと居りひとりが坐る

セキレイのうきうきとした足取りに見惚れて猫は平たくなりぬ

目を閉じて息を吐きたり夕雲の感触がする母の長椅子

はんかちにアイロンかけていました　あめふる夜の子の妻の声

丘のミモザ

タイタンの大気の層をおもうとき夜の交差点みぞれにかわる

冬のあさひとつのドアを叩きいるひそかなる音行き過ぎて聞く

怖るるにあらねど軽きスニーカー履きたる刹那に兆すゆらめき

胃の辺にタツノオトシゴ状のものさかのぼりくる宥めつつ立つ

骨密度あげんと朝日を浴びること叔母の日課に組み込まれたり

一本の長き尾をもつ猫抱いて銀《しろがね》となる空を見ている

ゆっくりと裾濡れてくる感触はふゆがはるへとおくるてがかり

霊力を尽くしたるごと咲き満ちし丘のミモザは母かもしれぬ

雨のなか布団を叩く音すなり春ふかく深く国は老いゆく

IV

閉じる言葉

花終えしジャーマンアイリス整列す水銀《みずがね》色《いろ》のろくがつなかば

六月の柿の木ひたすら実を落とす低温火傷のようなゆうぐれ

遠雷や天の真中に穴ありて引き込まれゆく薔薇色の瓦斯《ガス》

あくびなどしながらわれを呼ぶ猫の声音そのうち真剣になる

われよりもやさしい声を出す猫にゆうべ夫が何か返事す

真夜覚めて二度覚め三度目に舫《もや》うねむりというはとどかざる恋

五年後は生きているかと問いし母流氓の命終わらん際に

相手には伝わる気配がみえぬ朝ことばを閉じる言葉をさがす

テーブルタップ

父が消え母が消えたるうすあかり空き家に似合う紫のはな

あのころの京都の冬は霙ばかり——昭和二十八年茂吉死す

鞍馬口病院重き硝子戸に結核の父はつねに横顔

九歳のむすめへ父は未来などかけらもないという表情す

下総町の通りに向かう病室へ風ある夕べ運ばれたりき

階段の下には猫とあやかしが待つゆえ夜を眠らぬこども

猫の耳尖りて今朝は雨となる　傘の嫌いなこどもでありし

いもうとを連れて遊べと母のこえ路地の奥まで連れては行かず

晩年に父が集めし新内のカセットテープ母は知らざる

だれからも忘れられたる存在のテーブルタップ片寄せにけり

すんなりと函に収まる一冊をねむりの前にいま一度出す

雪来ると予報はずれて深鍋に大根とろとろいつまでも煮る

三本の耳掻きが消え現われるまでの数日ひかり春めく

夕暮れの眼

近藤芳美先生

朝寒やプロテスタントの葬礼の具体問いたる声音のちから

腕組みてはるかなるかた眺めいる夕暮れの眼は透きとおりたり

思い出し思い返して声継ぐを黙してわれはソファに待ちぬ

一瞬に散りゆくことば呼び戻し構築せんとひとは目瞑る

うつむきてバスを待ちおりこの位置はビルの裾より風吹きぬける

関東中央病院

盛り上がるベッドの髪に微か触れもの言うわれは何者でもなし

出会いたる初めの日よりたてがみのようなる髪とつね思い来つ

雨に暗む渋谷駅前交差点レインコートを着るひとりなし

こころざし

落とし物した子のような顔をして夫が手術を待ちいる真昼

弾性ストッキングなるもの

術前にはきなずみいしハイソックス不思議な箇所に大き穴開く

ガラス器に沈む組織を見せにきて青年医師の面弾《おも》みいる

ホテルより連行さるるフジモリ氏眼窩《がんか》の縁に指触れていつ

わが父に似る表情はゆくりなく眼鏡取りたるときに消えたり

風こめてふくらむ欅並木より鳥つぎつぎに天へ拡がる

ひるさがりからだに生じはじめたる濁りひっそり鈍痛となる

川沿いの桜並木は雨の日にひたすら青銅色となりたり

真夜中の夫との会話三転しこころざしとう心について

黄金の飴

夢のなか涼しい通路を渡りゆくユリであり雲である私

手をふってストレッチャーへ　ほつほつと宙ぶらりんのとき流れゆく

黄金のカンロ飴ひとつ放り込む。　病人ハムシロ吾ノホウデス

カーテンの向こうの人は術前の採血に低く疑義を告げおり

いくたびか手術を重ねこのたびも夫には夫の念いあるべし

蚕豆のかたちと聞けば二粒のさみどりおもううつむきながら

その間は地球もなかった顔をして退院の午後ねこをからかう

イラン、ヤズドで出会った
眉と眉一本につなぐ少女らが歯の痛むときあたまにうかぶ

みなぎらう春の水門とこしえにただとこしえに流れ続けよ

クリスティは田村隆一訳がよし十三歳の春出会いたる

組み替えてもの言うライス長官の細身の脚の角度ひろがる

根岸の空の下　子規庵にて

「フジバカマ咲イテイマスカ」なつかしい人の安否を問われたような

鶏頭の紅いあたまは去年よりややこぶりなり硝子戸の外

あめのひはだあれも来ない苦しいな　アッ痛《いた》、痛《いた》イ　蜘蛛が糸張る

垣根越し「アア、イイ風ネ」菓子パンを買いにお律さんは出かけた

「涼しさや羽はえさうな脇の下」子規
午睡から覚めたるひとの腋のした透きとおるはね一寸生え初《そ》む

りゅうりゅうとあおまつむしに迫られる夕暮れどきを子規居士知らず

視力よき五姓田《ごせだ》義松《よしまつ》は描きたり正岡子規の若きまなじり

うすずみの九月の空に十五夜の月より黄なるへちま花咲く

二十坪もうすこしある小園に日が射しひゃくねんは昨日の隣り

カワラヒワ

うすあかい卵をひとつ茹でていつ夫の戻らぬ昼すぎのこと

黄の蝶は翳りに入らずくっきりと明るきひかりの草の上ゆく

風の夜に続く雨の夜こおろぎの紛れぬ声は疼《いた》みのごとし

整体の治療の一つは〝笑うこと〟笑い上手と二度目に言われ

凝りたる積雲うかぶ関東のゆうぐれのいろ薄紅きいろ

蔓状の紐があたまの上を這う薬草園にみぞれ降りくる

体調のすぐれぬ子をば話題にし夫とわれはしばらく歩く

くらやみにたがいのことば垂れ下がり左右ことなる耳持つわれら

カワラヒワの黄なる部分が横切りぬカワラヒワだと目が思いたり

あとがき

コガネイガワ

「樺太の大泊に帰りたい」
母はいつも帰りたがっていた
「黄金井町一丁目十五番地」
「黄金井川が流れている」
コガネイガワ、コガネイガワという響きだけがさらさらと
わたしの耳の底に砂金のように沈んでいった
母の物語を親身に聞いたことはなかった

オオドマリやコガネイガワより
わたしの関心はブバネーシュワルやヤムナー河にあった
「カラフト」と母が十回言えば
「インド、インド」と十回呟いた
母の帰りたい樺太、サハリンのコルサコフは
母が三歳から十九歳まで過ごした場所だ
わたしの行きたいインドは
たった一回、仕事で出掛けた国だ
母が念願の「樺太行」を決行したのは
一九九一年九月、七十三歳の秋
「国破れては川もなし」
記憶のなかの丘の家の辺りには、箱形のアパート群が建ち
黄金井川は一面、湿地帯であった

淡いツリガネソウが咲く
ぬかるみを何度も踏んできたと言う
「川が、身体の中に滑り込んだ」
わたしたちの会話から、樺太とインドが消えた

一九九四年、二回目のインドへ行った
それから七回、インドへ行った
苔色のガンジスも銀色のヤムナー河も
わたしの身体とはつねに無縁だ

川を身体に入れたまま、八十五歳まで母は生きた

わたしの河はわたしとは無縁だ

二〇〇二年の秋に母三宅霧子を亡くしてから、今日までおそろしい迅さで月日が流れました。こころが落ち着いてきたのはほんの最近のことです。わたしにとって、母は短歌の大先輩でもありました。九年前、パーキンソン病がすすんだ母を看るために勤めをやめたのは、後輩として放っておけない気持ちに駆られたからかもしれません。歌人三宅霧子はなかなか素敵な人だったのです。

前掲の詩は、雑誌「北冬」（6号、2007年8月発行）の「帰ってゆく場所、帰らない場所——。」という特集に発表したものですが、母の精神の在り処と、娘であるわたしとのかかわりあいがいくらか出ているように思います。反歌三首は割愛しました。

本集は一九九九年に刊行した『明日は靄と』に続く第四歌集です。この間は母の住む大阪へ埼玉から通った月日であり、母の死の後、師である近藤芳美を失った日々でもありました。母にとっての近藤先生は、「アララギ」の先輩であり、「外地」と「大正デモクラシー」という共通項をもつ大切な人だったのです。わたしはこの大正生まれの歌人二人から、精神の自立と孤独について、そして何よりも生きることの気迫を教わってきたように思います。

長いあいだ見守ってくださいました亡き近藤芳美先生と母に、また歌を作ることで出会うことのできました多くの方々に、いつも傍らで励ましてくださる友人たちに、そして家族に、深い感謝をささげます。ありがとうございました。

装丁に大好きな画家泉谷淑夫氏の作品を使わせていただきました。デザイナーの大原信泉氏にたいへんお世話になりました。わたしの第三歌集『明日は靄と』、そして三宅霧子の遺歌集『風景の記憶』に続いて、このたびも北冬舎の柳下和久氏にお世話になりました。いずれもありがたく、三人の方々に改めてこころより御礼申しあげます。

二〇〇八年五月　柿若葉の美しい日に

さいとうなおこ

本書収録の作品は1999（平成11）－2007年（平成19）に制作されました。本書は著者の第四歌集になります。

著者略歴
さいとうなおこ
saitou naoko
1943年(昭和18)、旧朝鮮群山《くんさん》に生まれる。45年秋、馬山《まさん》より家族とともに福岡へ引き揚げる。73年、歌誌「未来」に入会。近藤芳美に師事。歌集に『キンポウゲ通信』(84年、雁書館)、『シドニーは雨』(92年、雁書館)、『明日は靄と』(99年、北冬舎)がある。
〒359-0045埼玉県所沢市美原町3-2947-42

逆光《ぎやつこう》

2008年7月25日　初版発行
2008年12月15日　二刷発行

著者
さいとうなおこ

発行人
柳下和久

発行所
北冬舎
〒101-0062東京都千代田区神田駿河台1-5-6-408
電話・FAX　03-3292-0350
振替口座　00130-7-74750
http://hokutousya.com

印刷・製本　株式会社シナノ

ISBN978-4-903792-11-8 C0092